청어詩人選 219

노을 너머로

김성순 제7시집

청어

꿈꾸는 노인은 노인이 아니라고 했던가.
인생 70부터라는데 노인에게도
꿈이 있어야 아름답다. 고목처럼.
세월 따라 흐르다보니 어느덧 노을빛 나의그림자가 길다.
이제는 노을 너머를 꿈꾸며 산다.
살면서 마음에 쏙 드는 시집 한 권 쓰고 싶었는데
쓸 때마다 아쉽다. 그래서 일곱 번째다.
망설이다 펴낸다.
그래도 그동안 생각하며 뒤척인 게 위안이다.
하늘 가까운 서쪽 베란다에, 꿈을 베고 길게 누우니
석양빛이 아름답다.

2020년 새벽을 열며
김 성 순

차례

3   시인의 말

1부   산처럼 강처럼

8   산처럼 강처럼

9   목련

10   매화를 피우다

12   연의 미소

13   잡풀

14   붓꽃

15   민들레

16   가을벤치

17   산죽(山竹)

18   독도일기

20   고추잠자리

21   딱따구리

22   옹이 소나무

24   메아리

26   휘파람

28   돌 한 개

29   산을 품다

30   추억 만들기

32   이효석을 생각하며

34   교가

36   태백 검룡소

38   둘레길

40   석촌호수

42   장미광장으로 오세요

2부 땅 보고 하늘 보고

46   비오는 날에   58   감시카메라
47   사골설렁탕   60   허수아비
48   시장가는 날   62   고령운전 유감
50   회 먹던 날   64   지하철 노인석
51   낡은 운동화   66   그 사람들
52   미얀마 스님   67   미세먼지 1
54   탐욕죄   68   미세먼지 2
55   반달곰   70   소나무 생각
56   돼지의 꿈   72   요양원의 밤

3부 노을 너머로

74   까치집   87   그리움 1
76   세월을 떼다   88   그리움 2
78   막사발 이야기   89   소학(小學)을 배우다
80   나와 트럼펫   90   작품 앞에서
81   그림자   92   여든 살 되니
82   장모님 생각   94   사랑방 이야기
84   선생님 생각   96   인사동 길
86   어머니 가슴   98   그네의 추억

100 무엇을 쓸까

102 전화

103 황혼빛 칭찬

104 할미꽃

105 미아신고

106 노을 너머로

4부 하늘에서 보면

108 곡선을 생각하다

109 선택

110 철없는 것들

112 못난 것들

113 바늘구멍

114 안경의 꿈

116 종소리 추억

118 나의 느보산

120 네 잎 클로버

122 당신께 다가갑니다 1

124 당신께 다가갑니다 2

126 하늘에서 보면

127 노년의 기도

1부

산처럼 강처럼

산처럼 강처럼

산은 품어주고
강은 어루만져 준다
산은 일어서라 하고
강은 잊으라 한다
산은 외로움으로 오르고
강은 그리움으로 흐른다
산은 아버지의 가슴이고
강은 어머니의 손길이다
산과 강은 수평선에서
하늘로 만난다
산처럼 살다가 강처럼 가고 싶어
오늘도 산에 올라 아득히
강을 흐르는
나를 찾는다

목련

얼마나 기다렸기에
누구를 그토록 사랑했기에
무거운 겨울 밀어내고
황홀한 드레스
화사한 웃음으로 성큼
춤추며 왔을까

추적대는 겨울비 속을
홀연
하얀 신발
하얀 추억
서둘러 벗어놓고
하르르 흰나비처럼
어디로 갔을까

온몸 태워 그리워하던
기나긴 꿈
순간으로 불사르고
세월 속으로
황홀하게 부서지고 있다

매화를 피우다

감동하고 싶은 기다림으로
화선지에 심어놓은 봄이
성큼 달려온다

북풍에 수척해진 연못가
양지쪽 까실한 햇살
겨울을 털어내는 한 폭
매화가지의 몸부림이
봄을 밀어 올린다

휑한 여백엔 아직도
겨울이 무거운데
초록향기 부풀어 오르는
하얀 숨소리
봉긋한 입술
봄은 매화가지 끝에서 온다

마디마다 탯점으로 찬바람 이겨
긴 겨울 뚫고
감동으로 솟는 생명의 손짓
봄은 기다리는 가슴에 먼저 온다

매화가 필 때면
지구가 움직이는 소리가 들린다

연의 미소

시간이 잠을 깨는
햇살 고운 아침
섬처럼 외로운 연못가에
누구를 위해 저리
묵연한 기다림으로 서있나
하늘을 담은
자비의 얼굴
해탈의 미소가
속세의 시간들을
멈추고 있다

세상 품은 눈빛
평안의 손 모아
빛바랜 욕망
무거운 짐
세상먼지 털어 내고
정토의 품으로 오라고
기도하고 있다

이른 아침
나의 영혼을 멈춰 서게 하는
연의 미소여

잡풀

하필이면
횡단보도 끝자락
아스팔트 비집고
뽀시락 고개 내민
고독한 삐에로 같은 잡풀 하나
바퀴에 치일까
발에 밟힐까
길 건널 때마다 눈이 가는데

어느날 기어코
두 주먹 불끈
검은 운명
불덩이 지구 뚫고
풀꽃 하나 피워 올렸네

존재하는 것은 아름답고
꿈꾸는 것은 더 아름다운
경이로운 섭리
철학은 놀라움에서 시작된다던가
하늘 아래 조용히
지구를 움직이는
잡풀의 힘이여

붓꽃

뾰족 내민
청보랏빛 입술
하늘 향해 뻗은 대궁
틀림없이 어디론가
붓자루 곧추세워
쓰고 싶은 사연이 있는 게다
세상 틈 비집고 저리
처연한 손짓인 걸 보면

무슨 이야기를 쓸까
쪽빛하늘도 아까부터
귀를 열고
기다리고 있는데

민들레

손톱 세워
바위틈에 핏줄 심어
온몸으로
삽니다

온몸 틀어
꽃 한송이
피워냅니다

꽃 한송이
부서져
저리 행복합니다

민들레가 행복한 이유를
이제야
알겠습니다

가을벤치

여름을 벗은 나뭇가지 사이로
세월이 빠져나가는 소리
수많은 생각들이 앉았다가 떠난
가을벤치에 낙엽 하나
숲속의 시인되어
무슨 생각을 하고 있을까

헤쳐 온 삶 자락
지워진 추억 한켠
사랑 하나쯤
마른 꽃으로 남기고 싶은데
오동잎 깊은 거문고 소리로
가을서곡을 적시고 있다

푸념의 조각들 모아
이제는 나를 향한
쪽빛 그리움
아무도 기억하지 못할
발자국 하나 벤치에 남겨놓고
황혼빛 가을의 빈자리로
떠나야할 시간

산죽(山竹)

나는
고고한 선비도 아니고
충절의 공신도 아닙니다
집에 들어가 밥그릇, 소쿠리,
갈퀴도 될 수 없습니다
나는
대나무이면서 대나무가 아닌
산죽입니다

나는
한 철 피는 산꽃도
시인이 노래하는 소나무도
부럽지가 않습니다
한겨울 폭설 머리에 이고
산이 좋아 산에 엎드려
대나무로 사는 나는
산을 사랑하는 사람의 눈에만
보인답니다

독도일기

동도, 서도 형제가 손잡고 살아도
바다만큼 외로운 섬
하늘에서 보면
어서 가서 꼬옥 안아주고 싶은 바위섬
괭이갈매기 춤추는 선착장에 내려
가파른 돌계단 길 돌아서자
절벽을 등지고 버티어선 '韓國領' 표석이
신라 그 옛날 이사부의 발자국 같고
조선조 '동국여지승람'의 손자국 같다

하늘이 깎아 세운 벼랑 끝
동쪽 수평선 바라보는 초병의 눈이
외롭게 빛나는데
데크에서 '독도는 우리 땅' 외치는
젊은이들의 함성에
동해바다가 출렁인다

고무배에 올라 50미터 건너
서도에 사는 부부주민을 만나
바위처럼 강인한 백성이
바람과 외로움을 이겨내고 사는
돌섬이야기를 들었다

세찬 바람으로 세수하여
아침마다 환한 얼굴로
울릉도를 손짓하며
육지를 지켜 사는 독도는
육지에서 퍼 나르는 사랑으로
이젠 외롭지 않다
외롭지 않아야 한다

경비함 해경의 젊은 눈빛과
5천 만의 가슴이 모두 독도 수비대다
이제 그만 일본사람들은
일본 땅이나 사랑했으면 좋겠다

고추잠자리

하늘에 걸린 가을빛이 서러운
고추잠자리 하나
햇볕 찾아 헤매다가
바위에 걸터앉은 내 무릎에
앉을까 말까
의심하는 큰 눈이 서글프다

여름 찾아 지친 몸
투명한 날개 덮고
나의 품에 안겨 지금
무슨 꿈을 꾸고 있을까

기다려도
기다려도
일어설 수가 없다
가을은 산허리 넘는데
퉁퉁 부은 눈망울
젖은 날개 펴
어디로 갈까
갈 수 있을까

딱따구리

똑 또르르
하산 길 멈춰 세우는
딱따구리 목탁소리
선승의 빈 가슴 달래는
독경소리인가
하늘에 매달려
피울음으로 서럽다

어디로 갈까
발톱 세워
발밑을 파고드는
두 눈 부릅뜬
포클레인의 함성
도시에 쫓긴 딱따구리는
가슴 뚫는 아픔으로
비워도
비워도 이제
갈 곳이 없다

목탁소리 차가운 하산길
나의 구멍 난 가슴에도
바람이 차다

옹이 소나무

깔딱고개 비탈길
바위틈 비집고 신념으로 서서
지친 몸
오가는 손마다 일으켜
흔들리는 세월 속
등이 굽은
옹이 소나무

마디마다 묻어나는 거친 숨결
세상을 곡선으로 품어
초록빛 힘으로 일으켜주는
손때 절은 옹이가
훈장으로 빛난다
비탈길 지켜
이정표로 선 옹이 소나무는
인내하는 예술이다

해질녘 바람이
어둠을 불어 산을 잠재우면
마을 쪽 바라보며
멍든 팔 추스려 잠이 든다

깔딱고개 옹이 소나무는
옹이팔로
전설을 쓰며 산다

메아리

나는
골 깊은 산속에 사는 메아리입니다
사람들은 나를 '야-호'라고 부르지요
바람 소리, 풀벌레 소리
꽃피는 소리, 낙엽 지는 소리
잠자는 겨울 깊은 숨소리
숱한 생명의 소리를 듣고 살지만
스스로는 말을 할 수가 없답니다

나를 찾는 소리들
응어리 진 가슴 쓸어내는 소리
절망하는 소리
용기를 절규하는 소리
승리를 환호하는 소리
소멸하는 소리
세상 사연 궁금하고 위로하고 싶지만
나는 산속에서만 살아야 한답니다

사람들은
내가 없는 말은 공허하다고 하지만
그건 내 탓이 아니지요

듣는 대로 정직하게 말 할 뿐
내가 가장 듣고 싶고 외치고 싶은 말은
사랑의 말, 용기의 말이지요
'야호! 사랑해!'

휘파람

유년시절 늘
휘파람과 놀며 컸다
휘파람과 노래하고
휘파람과 장난 치고
책도 휘파람으로 읽고
휘파람과 싸움질도 했다

내가 휘파람을 불다가
커서는 휘파람이 나를 분다
휘파람 등에 올라타고
몽골초원도 달리고
킬리만자로도 가고
히말라야 빙산도 오른다
한 옥타브 더 올리면 아득히
은하수에도 날아간다

신발처럼 곤할 때 휘파람은
아드레날린 퍼 올려
일으켜 안아주고
낮은 음계로
등 두드려 밀어준다

휘파람과 함께 생각하며
휘파람으로 넘는
노년의 산행길이 나는
외롭지가 않다

돌 한 개

하산길에
태초의 이야기
이끼 낀 돌 한 개
무심코 걷어차
깊은 계곡
물속 깊이 잠기면
또 다시 수만 년
숨 막힌 한
돌멩이의 비극을
내 어이하리

나는
등산길에
풀 한 포기
돌 한 개
지구가 다칠세라
조심조심 걷는다

산을 품다

외로울 때면
넓은 가슴 깊게
산에 안겨 살았는데

세월 깊어
산수(傘壽)고개 넘으니
산이 다가와
내 품에 안긴다
산을 안고 잠들고
산을 품어 꿈꾸며
산을 데불고 지하철을 타고
산과 함께
세월을 퍼낸다

추억 만들기

눈보라 칼춤 추는 1,600미터 정상
팔순노인들이
중학생처럼 폴짝
동태 같은 손 브이자로 세워
황홀한 추억을 만든다

뒤돌아보며 사는 세월
황혼빛 하늘엔
남은 시간 잘금잘금
뽕잎처럼 잘려오는데
언제 또 꺼내 보려는지…

그래도
고목에서도 꽃은 피고
오늘은 늘
남아있는 생의 시작이기에
사과나무도 심고
추억도 매달며
웃으며 늙는다

먼지 쌓인 지구의 추억들

곱게곱게 채색하여
하늘까지 메고 갈 요량으로
세월 이긴 주름살 펴
은빛 낭자한 하산길 내려오는데
무거운 겨울잠 자던 고목
티베트 성자처럼
검은 눈 껌벅이며 이르는 말

'아름다운 추억은 쌓아놓는 게 아냐
함께 사는 거야'

이효석을 생각하며

메밀꽃 필 무렵 태기산 하산길에
봉평 메밀꽃 마을이
수채화로 피어있다
옛날 메밀꽃 흐드러진 달밤
보부상들 봇짐 지고 대화장터 가던 길
아스팔트가 뽐내는 그 길을
배낭 메고 걸었다

메밀꽃 피던 산 어귀 새터 식당마을엔
이효석을 먹고 사는 사람들
펜션, 음식점, 빼곡한 주차장
간판들이 손을 흔들고
이효석 길엔
돈을 찾는 중장비가 왕눈을
두리번대고 있었다

어둑해서 좋은 물레방앗간 안에선 아직도
장돌뱅이 허생원과 충줏집의
농밀한 숨소리가 돌아가고 있는데
메밀밭 이랑길이 즐거운 연인들을
서른여섯 해 살고 박물관에 앉은

가난한 이효석이
메밀꽃처럼 하얗게
바라보고 있었다

교가

고교시절 멍하게 불렀던 교가를
반세기 휘이 지나 곰곰
생각하며 불렀다
동문산악회 시산제에서
늙은이 젊은이
아는 얼굴 모르는 얼굴 나란히
옛날 입으로 불렀던 교가를
가슴으로 불렀다

높은 기상 외치던 무학재 뒷동산엔
아파트가 떼 지어 들어앉고
운동장엔 게딱지처럼
진화하지 않는 교가가
추억으로 아스라한데
오늘
문장대 산자락에서 만국기 날리며
손에 손잡고 올림픽노래처럼
감동으로 불렀다

교가에는 손이 달렸다
끈이 달렸다

졸업해도 학교는 가르쳐 준다
아무리 생각해도
금년 무사산행은
돼지머리 삼킨 산신령보다는
칭칭 감은
교가 덕분일 게다

태백 검룡소

백두대간 금대봉 깊은 골
한강의 발원지 검룡소(儉龍沼)
서해의 이무기가 용이 되려
용틀임 쳐 솟아난 신령한 우물
그 깊은 장엄함 앞에 머리 숙여
나라를 생각하다

일억 오천만 년 전 백악기 동굴소
물과 자갈 열두 개의 돌개구멍에서
전설처럼 솟아난 물이
골지천 지나 남한강을 이루고
금강산에서 발원한 북한강과
양수리 두물머리에서 손잡고
반도의 중심을 떠 받쳐
임진강 품고 서해로 뻗은
민족번영의 생명수
그 한강머리에 고개 숙여
민족을 생각하다

역사의 영욕 안고
내가 되고 강이 되고

천년을 하루같이
나라의 젖줄 되고 옥토 되어
한강의 기적 이룬 하늘의 연못 앞에
하늘을 솟구치는 비룡처럼
이 땅 다시 일으켜 달라고
나라를 기도하다

둘레길

서울둘레길
한양도성길
450리 둘레길을 생각하며 걸었다
역사의 발자취
조상들 숨결
백성들 사는 이야기
차곡차곡 배낭에 넣으며
문 활짝 열고
공부하며 걸었다

둘레길을 걸으면 막혔던 가슴에
길이 뚫리고
하늘이 높아진다
단풍 물결 속에선 울긋불긋
사람도 단풍이다
갈딱고개 예쁜 계단길엔
오르는 발걸음도 예쁘다
오름목마다 기다리는 벤치에선
돌아앉았던 이야기들을 꺼내
마주 보며 정답고

일어서는 발걸음마다
초록빛 힘이 솟는다

둘레길을 걸으면 서울이 행복하고
한양이 한양인 이유를 알게 된다
조상들 성을 쌓아 지킨 서울
지금은 파수꾼
둘레길이 지킨다
지켜야한다

석촌호수

솔바람 조는 고적한 오후
벤치에 기대어
잔물결 이는 호수에 귀 기울이면
백제의 숨소리가 들린다
나룻터 백성들 옹기종기 사는 이야기가
뱃사공의 노랫가락 타고
잔물결로 밀려온다

돌마리 길 부산한 발소리
강 건너 기마부대 말발굽소리
어지러운 모래함성 그리고
한성백제의 막을 내린
개로왕의 가슴 뜯던 한이
소란스런 도시 헤쳐
숨소리로 젖어 온다

가슴이 넓은 석촌호수
산책로의 무심한 발걸음들
비둘기 한가로운 수변무대에선
장수잠자리 너울춤 추는데
영욕의 세월 속 수많은 사연들이

아스라이 살고 있는 백제는
지금도 호수에 모여
잘랑 잘랑
옛날을 애기하고 있다

장미광장으로 오세요

초록바람이 불면 벌떡 일어나
시름일랑 팽개치고
장미광장으로 오세요
형형색색 황홀한 손짓
함성과 박수소리에
일상을 털어내고
장미의 유혹에 취해 보세요

꽃망울 터지는 소리
연분홍빛 추억이 움트는 소리
진홍의 사랑이
모네의 여인처럼 화사한 오솔길
설레는 소녀의 시간 속을
곱게 채색하며 걸어보세요
장미와 함께
당신의 향기도 아름다워진답니다

장미길을 걸으면
장미 속에 오롱조롱 즐거운 이야기
웃는 당신이

장미꽃이 되고
당신의 그림자도 예뻐진답니다

가슴에 장미를 피우려면
지금
장미광장으로 오세요

2부

___

땅 보고 하늘 보고

비오는 날에

장대비 요란한
횡단보도
신호등 밑
세상소리
하늘소리
빗소리 황홀한
우산 속
나의 공간에
불쑥 뛰어든
꼬마아이

파란불 보며
씨익 웃었다
아이도 웃었다
빗소리도 웃었다
우산 가득
무지개가 떴다

사골설렁탕

장작가마
타는 불꽃
황소고집만큼 우려내는 사골
구수한 우윳빛 진액

사람도 오랜 세월
진국이 돼야 진맛이 난다는
주인 영감의 입 앙다문
설렁탕철학

그 옹고집이 밤새워
예술로 끓고 있는
사골설렁탕

시장가는 날

은퇴 하고나니 동네초년생이네
오늘은 금요일 농협시장 서는 날
이태백과 아득한 산중문답 하다가
아내의 호출에 화들짝
두 눈 치켜뜬 시간표에 꾸벅 절하고
짐꾼 운전대에 오르다

빼곡한 주차장 호루라기 아우성
가격표 보고도 깎아달라는 소리
코맹맹이 확성기 소리
너스레로 보물찾기 하는 소리
소리로 삶을 뒤지는 사람들의
오글오글 깨알 같은 흥정들

복작대는 재미에 두리번대는데
드문드문 낯익은 얼굴들
반갑다는 사람
고개 갸우뚱 하는 사람
생각보다 외롭지 않은 세상
옛날 비벼대며 살며
웃음소리 담 넘던 시절도 그립고

흙냄새 사라진 도시에서
도도한 백화점보다
사람냄새 물씬한 시장통
자잘한 세상이 정다워지는데
반쪽으로 매달려온 초라한 초상
오늘 새삼
농민의 숨소리 담긴 장바구니 안고
진화하고 있었다

회 먹던 날

바다를 데리고 올라온
회 한 접시
군침이 돈다 그런데
머리까지 따라올게 뭐람
차마 감지 못한 눈이
슬퍼 보인다

상추에 깻잎
회 한 점 초고추장 팍
몬도가네처럼
폭풍으로 삼키고
바다까지 삼켜버렸는데
괜시리
슬픈 눈
나도 슬퍼진다

그날 밤
검은 바다 속 깊이
물고기 떼에게 쫓기는
꿈을 꾸었다

낡은 운동화

골 깊은 벼랑
봄볕 외로운
키 작은 암자
간간 문틈으로
독경소리 청아한데
쪽마루 아래
턱을 궤고 잠든
낡은 운동화 한 켤레
벼랑길 숨찬 세월
수행에 지쳤나

시간이 멈춘 처마 끝에
오후가 졸고 있는데
눈감은 운동화는
가부좌로 정갈하게
부처님 꿈을
꾸고 있나 보다

미얀마 스님

미얀마 사람들은 모두가 스님이고
미얀마 스님들은 모두가 부처님이다
아침 10시 마하시 수도원
밥그릇 옆에 낀 긴 행렬
하루 한 끼 먹으며
비워야 베푼다는
해탈한 얼굴 평안한 미소에
고개가 숙여진다

세상을 깨우는 마하간다 종소리가
가슴속에 부처님을 모신 명상으로
온 땅을 울리는데
황금의 땅
밤하늘 밝히는 쉐다곤 사원엔
순례자의 발길
기도의 불빛이 꺼지지 않는다

하늘 높이 매달아 놓은 다이아몬드
엄청난 금은보석
그 까닭 알 순 없지만
3만 불 소득 하는 나라에서

곁눈질하며 사는 내 모습이 부끄러워
또 고개 숙인다
가난해도 행복한 사람들
세상은 물질이 지배하고
미얀마는 정신이 지배한다

탐욕죄

깨알 같은 법
줄줄이 꿰어
칭 칭 감아 봐야
아무소용 없지
다 없애고
딱
죄목 하나만
만들면
될 텐데
'탐욕죄'

그런데
만들 사람이
없네

반달곰

옹이 맺힌 가슴에
달을 안고
왠지 모르는
유형의 세월을
두드리며 산다

달처럼 둥근 그리움
고향 숲은 자꾸
멀어지는데
통곡의 몸부림
비극을 만들어 놓고
사람들은
재밌다고
깔깔댄다

슬픔이 그렁한
눈망울엔
고향이 매달려 아슴한데
쇠창살에 한이 걸린
반달곰은 지금
가슴에 달을 품고
무슨 꿈을 꾸고 있을까?

돼지의 꿈

옥죄는 쇠창살
한 발짝도 옮길 수 없다
해도 달도 없이
숨 막히게 먹고
숨 막히게 살 쪄야 한다
인간의 탐욕만큼 살 쪄야 한다

지네들은 헬스장에서 땀 빼고
거울 보며 다이어트하면서
나보고는 살만 찌라 한다
넓은 울타리에 함께 살아도 되련만
독방에 결박해놓고
끝도 없이 먹기만 하란다
동물학대 축에도 못 끼는 나는
동물도 아닌가 보다

생각할 수록
조물주는 원망스럽고
인간은 잔인하다
호사스런 개팔자는 못돼도
내 평생 단 한 번만이라도

염소처럼 양처럼
양지 푸른 언덕
짧은 다리 곧추 세워
마음껏 뛰어봤으면
참 좋겠다

감시카메라

자고나면 하루종일
의심을 등에 지고 산다
엘리베이터에서부터 수상해지고
현관문 나서면 일단
범죄자가 된다
백화점에 가면 도둑놈
금은방에 가면 식칼강도
골목길에선 성추행범
고속도로에선 뺑소니
빗발치는 화살에 만신창이
고슴도치로 귀가한다
억울해도 도리 없다

매일 세상은 감옥이다
거대한 수용소다
빠삐용도 어림없다
카인의 후예들은 매일
조오지 오웰이 설계한
지옥을 만들며
의심으로 산다
카메라가 없는 곳은 오직

천국뿐
그때까지는 별 수 없이
모두가 벌거벗은
범인이다

허수아비

차라리
생각일랑 빼 버리고
벙거지에 입 헤벌려
근심걱정 뱉어내고
천둥번개 비바람 속
눈귀 막지 않아도 좋은
있는 자리 엉거주춤
지켜 서 있지요

영악한 까마귀
참새들 손가락질해도
눈 하나 깜빡 않고
요령을 거부한 채
혈관이 멈춘 팔 벌려
허수아비답게
원형으로 서 있지요

가을걷이 끝난 들판
새소리 떠나고
의미 잃은 휑한 가슴
그래도 망각이 서럽지 않은 건

존재하는 것 모두
이유가 있는 것 아니겠소
당신들 내 몰골 비웃지 마시오
이 세상엔
허수아비만도 못한 인간들이
얼마나 많소

고령운전 유감

노인 교통사고 많아지니
늙은이들 운전하지 말란다
면허증 반납하면 돈도 주고
교통카드도 줄 테니
신발 벗고 걸으란다
하기사 나이 드니 순발력 떨어지고
시력도 예전 같지 않으니
움직이기 겁나 지하철 자주 탄다
그건 나의 의지다

그런데
이 나라 교통사고 책임 몽땅
노인들이 져야하나?
음주, 과속, 난폭, 보복운전
실종된 교통문화 어쩌고
노인들 핸들만 놓으면 다 해결될까?
교통질서, 운전편의, 노인표지에다
차량개조까지 해주는 나라도 있는데
자율주행시대 코앞에서
겨우 짜내는 머리

고령사회에서 고령이니까 운전하지 말라고?
운전으로 살아가는 노인들 어쩌나

50년 후 세계제일의 고령국가
노인이 일해야 하는 나라에서
노인이 도태되면 그 다음은?
그건 사회가 아냐 동물의 왕국이지
불평도 넋두리도 아냐
함께 가려면 더 고민해야 해

지하철 노인석

이젠 경로석이 아니다
노인석이다
어려웠던 시절
노인이 버스에 오르면 양보하고
고마워 가방도 받아주고
맞은편 아기 칭찬도 해주고
오가는 덕담에 살갑기도 한
모든 좌석이
경로석이었는데

지하철시대
부리나케 달려가는 노인석엔
표정이 없다
꺾여진 허리춤
뭉그러진 표정들
굳게 잠긴 가슴마다
담장으로 자신을 에워싸고
같은 공간에서 의미 없는 하모니가
초라한 침묵으로 덜컹댄다

100세 시대
외톨이가 되려고 작심한 지하철
언제나 외롭다 가끔씩
벽을 허물고
아름다움이 머물던
가난한 언어들이 그리울 때가 있다
옛날 같은

그 사람들

10년 넘게 매일 마주쳐도
모른 체하는 그 사람
산행길에서 처음 보는 사람과도
눈인사 하는데,
외면해도 싸울 일 없고
아쉬울 것 없어
볼 때마다 황소와 닭처럼 어정쩡
피차 못난이들 같아
연배라도 내가 먼저 웃어주어야 할
그 사람
나도 그 사람에게는 매일
그 사람일 테니까

아, 그런데
매일 숫자가 늘어나는
그 사람
그 사람들
고독한 군중이여

미세먼지 1

거리엔
얼굴은 없고
마스크만 있다

숨통 틀어막고 허파에
주검을 감고
지옥을 뛰어가고 있다

세상엔
미세먼지만 있고
사람은 없다
아
먼지만도 못한

미세먼지 2

나
미세먼지도 할 말 있어
그건 재앙이 아니야 천벌이야
천벌은 곧 지옥이 될 거야
정신들 차려

다 탐욕 때문이야 너희들
일용할 양식에 감사해 봤어?
하늘 찢고
땅 파 뒤집고
바다 휘저어
창조의 질서는 이미 조각났어
온실가스, 유전자 조작, 오폐수
수많은 동식물이 매일 멸종되고 있어
북극곰이 울고 있고
히말라야 빙하도 곧 없어져

큰 차 타고 으스대고
주택문제 핑계 대며 초록땅
깡그리 시멘트로 덮어씌우고
마구 먹고 마구 버리고

지구가 쓰레기장이 되고 있어
세계가 현재 한국수준으로 살려면
지구가 5개 더 있어야 한대
소비가 미덕이라고?
생산자 꼬임에 놀아나지마
지구의 생명줄이 끊어지고 있어
다 너희가 만들어낸 거야
살아나려면 지금이라도
미세한 내 말 들어
탐욕을 버려

소나무 생각

애국가를 떠받쳐 나라 지킨 소나무
남산 위에 우뚝 서
일어나라 외치던 그 소나무가
병충해에 핼쑥해져 팔뚝에 링거 꽂고
산소호흡에 신음하는 걸 보면
가슴이 아프다

세찬 바람, 세상 먼지, 천둥소리 걸러내고
솔향기, 푸른 꿈, 옛이야기로
아이들 키우고 전설을 만들어
대대로 마을을 지킨
가슴 넓고 생각이 깊은 소나무
그 아래 서면 밤새도록
속이야기 다 털어놓고 싶어진다

지금 소나무가
나라걱정에 긴 탄식
눈물을 흘리고 있다
대한사람 대한으로 길이 보전하고 싶은데
거센 폭풍에도 꿈쩍 않던 뿌리가
잠을 잘 수가 없다

소나무는
소나무가 지킨 나라
소나무와 함께
아이들과 함께 늘
푸르게 사는 나라이고 싶다

요양원의 밤

빛이 가라앉는 소리
노인요양원은 한낮에도 무겁다
아침해는 비껴가고
지는 해만 머물다가
어둠이 제일 먼저 찾아드는 곳
봄이어도 낙엽이 지는 곳

온종일 허공에 매달린 눈
뽐내던 직함도 명예도
사랑도 추억도 말라버리고
좌초된 절규가 창가에 쌓이는데
피돌기가 멈추는 가슴에선
본능이 숨을 끌어가고 있다

늙어서 고아가 되는 곳
도리가 비정으로 쫓겨 가는 세상
그러고도
장수는 여전히 축복일까
핼쑥한 형광등
한숨이 마지막 머물다 가는 천정에
하늘을 끌어와
별 하나 달아주고 싶다

3부

노을 너머로

까치집

하늘을 솟는 우리집 건너편
하늘에 매달린 까치집 하나
설계도도 없이
까치의 생각이 쌓아올린
작은 성

새끼 남매와 어미가
밤마다 꼬옥 껴안고
달을 쪼아 먹다 잠들고
아침이면
햇살 하나씩 물고 깨어나는
행복한 하늘섬

어느 날
텅 빈 둥지
석양을 물고 오는
어미의 울음소리가
까치남매 날아가 버린
가을하늘에
서리처럼 차다

키가 같은
우리집과 까치집
까치는 혼자 살고
우리는 둘이 살며
우주처럼 외롭다 가끔
까치가 나의 노래를
내가 까치의 울음을
나누며 산다

세월을 떼다

아직 이틀이나 남았는데
서둘러 달력을 뗀다
지난달도 그랬고
그 전에도 그랬다
뒤돌아보며 사는 나이에
무에 그리 급한지
아직도 가슴 한 켠
내일을 기다리는
수평선 같은 그리움이라도
남아 있나 보다

나의 삶을 스쳐가고 싶지 않아
시간이 그려진 종이에 얹혀
휘적휘적
파랑새 꿈 좇아 달려온
숨 가쁜 날들
이제 긴 터널 지나
해 너머를 사모하는 가난한 심령은
굴곡진 가슴 펴
또 다른 시작의 두려움으로
새 하늘

내게 남은 기다림을 사모하며
세월을 뗀다

막사발 이야기

할아버지 쓰시다가
물려받아
나의 유년 담아 키워낸
백년도 더 된
머리통만한
옛 조선사발

6·25때 포탄으로
집이 박살나도
용케 살아 버티어
옆구리에 끼고
보리밥 물 말아
배만 부르면 되던
나의 생명줄

이가 빠지고
뒤꿈치 벗겨져
장롱 깊이 돌아 앉아
망각의 긴 세월 속
추억이 솟아나는
끈질긴 인연

새삼 마주앉아
밤새 나누고 싶은
박물관 같은
나의
막사발 이야기

나와 트럼펫

낡은 트럼펫
긴 세월
나는 보랏빛 꿈꾸고
너는 금빛나래 펴
함께 옛날을 가고
내일을 노래했지

힘들고 지칠 때 너는 늘
생각하는 소리로 다가와
비틀대는 영혼 일으켜주고
사나운 말처럼 초원을 달려
소리로
지평선을 넘곤 했지

이제 너도 나도
소리와 함께
길게 늙어가고 있는데
마지막 노래가 가장 아름다운
백조처럼
그리던 꿈 함께 소리로 꾸며
노을 저편 휘이
날아가 볼까

그림자

나는
그림자와 함께 산다
한낮엔 짧게
저녁엔 길게
그림자 눈치 보며 산다

밤이 돼야 잠이 드는
그림자의 눈
때로는 떼어놓고 다니고 싶지만
화병 속 꽃처럼
운명으로 함께 산다
발에 밟혀도
참으며 기도하는 그림자가
살면서 두려울 때가 많다

세월 지나 겨우
철이 들어
평생 나를 지켜온 그림자
그 이유가 고맙다
이제는 내가 그림자를
업고 다녀야겠다

장모님 생각

일찍 혼자되신 장모님
이고 지고 억척스레
오남매 키워낸 슈퍼우먼
병약한 사위 얻어 놓고
고명딸 과부될까
얼마나 고심하셨을까

응급실 산소통에 매달린
핼쑥한 얼굴
가쁜 숨 헐떡이는 젊은 사위 보고
얼마나 가슴 철렁했을까
임진강 장어 경동시장 자라
인삼 녹용 산골보약
발품 팔던 장모님

내가 지금 살아있는 건 순전히
장모님 덕인데
늙어 철드니
인사할 길이 없네
그냥 하늘 보고
'장모님 감사합니다'

아마 지금도
하늘 어디선가
보약을 찾고 계실거야

선생님 생각

남산기슭 끝자락
내 어릴 적 국민학교
지금도 생생한
하얀 저고리 검정치마
긴 머리 땋아 내린 열아홉 살
하얀 찔레꽃 같은
음악선생님

찌글대는 풍금 위에
요술 같던 손
방과 후 둘이서 땀 흘리던
'대한의 꽃' 독창연습
노래보다는 선생님의
하얀 손가락을 깨물고 싶다는
하얀 집념뿐이었는데
끝나면 잘했어
고사리손 잡아 안아주던
분냄새 아늑한 선생님 향기
누이 같고 어머니 같고 하늘 같은…

학예발표회 끝나고 박수소리
마지막 안아주던
검정치마 그리운 향기는
6·25 전쟁 포탄소리에
멀리 멀리 부서지고
긴 세월
그 꽃은 늙고 시들었는데
내가 사랑한
하얀 각시 같던 선생님은
지금쯤
땅에 있을까
하늘에 있을까

어머니 가슴

내 가슴은 36도
어머니 가슴은 몇 도쯤 될까
6남매 키우느라
개미처럼 꿀벌처럼
기울어진 서까래 버티어
손끝 발끝
가는 허리 작은 날개
온몸으로 퍼덕여
강철도 녹이던
어머니 가슴
당신의 기도

아직도 뜨거운
어머니 산소에
오늘
안개비가 내리고 있다

그리움 1

너는 어느 날
우연처럼 다가와
안개꽃 미소로
내 작은 가슴에
연둣빛 그리움 하나
떨구어 놓고 갔지

산등성이 너머
산까마귀 가을을 물고 가는 소리
세월은 점점 알뜰해지는데
함께 걷던 갈색추억 속
그리움 꾹꾹 누르며
오늘 혼자서
그 길을 걷고 있다

철없는 자유로움
흥얼대는 내 가난한 노래에
사랑의 원형을 담고 싶었던
비껴선 시간들
잊을 수 없는 것도 가끔은 행복이고
그리움은
그리움으로 그쳐도
아름다운 것이기에

그리움 2

내가 당신을
그리워하는 건
당신을
소유하고 싶어서가 아닙니다
그리움을
소유하고 싶어서 입니다
그리움이 처연토록
아름답고 싶어서 입니다

노을 지는 가을 벤치에
홀로 앉아있어도
외롭지 않은 건
어느 날
그리움이 내 곁에 다가와
일러 주더군요
그리움도
가꿔야 아름다워진다고

소학(小學)을 배우다

옛 조상들은 여덟 살이면 배웠다는 소학
논어 맹자보다 먼저 읽어야 할
서당 아이들 책을
나는 구부정 팔순고갯길에
진땀으로 읽었다

옛것에 손사래 치는 세상
걸음마보다 뜀뛰기를 먼저 배워야하는
숨 막히는 경쟁
시험지 움켜쥐고 거꾸로 달리는
동물의 왕국에서
어머니 어릴 적 읽으시던
사람 먼저 되라는 책을
부끄러운 가슴으로
무릎 치며 읽었다

깨달을수록 고개 숙여지는
나의 초라한 지성
어려서 읽었으면 나도 효도 했을걸
낡은 목판활자 받쳐 들고
부끄러운 행복으로 새롭게
늙어가고 있었다

작품 앞에서

늦은 밤 홀로
텅 빈 전시장
둘러선 작품들의
가는 숨소리
누구를 위해 수많은
불면의 밤
홀로 걷는 사색의
긴 터널 지나
기다리는 설렘인가

한획 한자 깊은 뜻
시공을 넘나드는
성현들의 가르침에
옷깃 여미고
수묵화 한 폭에 영혼이
안식하는 밤
창작은 늘
고독한 자의 몫이다

노년이 아름답고 싶은
산고의 아픔
내일이면 다른 시간 속으로
떠나야 하는 이 밤은
더욱 성장한 모습으로
석별의 정을 공명하는
행복한 시간이다

여든 살 되니

팔십년을 걷다보니
아득했던 지평선이 가까이 보인다
눈과 귀는 희미해지고
얼굴엔 검버섯 주름살
휴대폰도 조용해지고
친구 하나 둘 가버린 팍팍한 세상은
가는 곳마다 벽이다

종로통에 나가보면
초겨울 같은 노인들이 시간을 기웃대고
모임에 나가도 쪼그라든
제 이야기만 지껄이다 끝이 난다
세상 쳐다보기 겁나
땅만 보고 걷다가 등이 굽는다

나무는 묘목보다 고목이 아름다운데
사람은 왜 아닐까
세계 명승고적을 다녀봐도
사람이 제일 아름답더라
창조된 대로 아름답더라
꿈이 있어 아름답더라

소년은 소년의 꿈이 있고
노년은 노년의 꿈이 있는 법

노을이 아름다운 시간
팔십년 일궈온 작은 뜨락에
아직은
꿈꾸는 고목이고 싶은데

사랑방 이야기

추억이 공명하는 공간
흑백사진 돌아가는
추어탕 집 한 귀퉁이는
우리들 사랑방이다

헝클어진 실타래
등잔불처럼 가물대는 이야기들
지난 반세기 어려웠던 시절
밤낮으로 뛰던 박봉의 추억이
추어탕 깊은 국물
마주치는 막걸리 잔에
노을빛으로 어른거린다

젊어서 고생한 이야기
까마귀 퍼즐 같은 기억 속
세월을 되새김질하는
굳은살 배긴 숱한 이야기들
가끔 청동기시대 같은 레파토리도
그러다가 또 시작되는
구구팔팔 강좌

알아들어도 끄덕
못 들어도 끄덕
산수(傘壽)고개 훠이 넘은
삭정이 같은 몸
해가 갈수록 하나 둘
빈자리는 늘어나는데…

추어탕집 사랑방엔 조근 조근
이야기가 산다

인사동 길

쫓기는 세상 비켜서
느린 걸음으로
인사동 길에 들어서면
지나간 시간이 손짓하며
내게로 다가온다

역사의 사다리를 오르면
서당마루에선 사모관대
일필휘지의 큰 기침소리와
학동들 글 읽는 소리 낭랑하고
줄지어선 상점에선
부채춤 신명난 가락이
어깨춤을 춘다

길모퉁이 주막집 청사초롱
평상에 둘러앉은 민초들의
막걸리 사발이 느긋한데
해 넘는 삼각산 바라보며
한켠에 웅크린
장원급제 선비의 꿈이
아슴하다

나는
나를 찾고 싶을 때면
뛰지 않아도 되는
인사동 길을 걷는다
거기엔 늘 고향이 있고
옛날이 살고 있다

그네의 추억

동네공원 그네에
돌배기 손자 올려놓고
대롱대롱 신나는 게
너무 부러워
손자 다음 내 차례
냉큼 올라탔지

옛날 한강나루터 느티나무
하늘만큼 긴 그네 줄 타고
바람 쳐 하늘을 솟구치던 추억에
손자만큼 신나는데
지나가던 동네할머니 찌푸린 얼굴
못마땅한 주름살

아이들 그네 타고
머릿속 허접한 세상 지우며
풍선 꿈꾸던 푼수노인
슬그머니 내려와
박수치던 손자 손잡고
걸으며 생각했지
푼수와 만나 즐거웠어

그리고 그날 밤
쑥스럽게
그네 타는 꿈을 꾸었지

무엇을 쓸까

초등학교에 갓 들어간 손녀아이가
생일선물로 사준
빨간 리본이 달린 공책 한 권

내가 좋아하는 찹쌀떡도 있고
늘 쓰는 붓, 효자손도 있는데
왜 공책일까?
아직도 할아버지에게
공책이 필요할 거라는 너의 생각이
새로움으로 설레이게 하네

무슨 추억을 쓸까
무슨 꿈을 그릴까
그네타기
술래잡기 얘기도 쓰고
공책 같은 너의 하얀 마음에
날고 싶은 노인의 꿈도
파랗게 그려볼까

오늘은 내게 남은 일생 중
가장 젊은 날

나는 벌써 꿈꾸기 위해
하늘을 날고 있다

전화

유치원 다니는 손자 녀석
전화했다고
휴대폰에 떴길래
반가워 물으니
'그거 잘못 누른 건데요'

그래
잘못 눌러도 좋으니
전화
자주 하렴

황혼빛 칭찬

팔순 지난 학동
붓글씨 쓰고 그림 그릴 땐
먼저 아내에게 보여 준다
잘 써도 칭찬
못 그려도 칭찬
보자기처럼 감싸며 살아온 반세기
붓 한번 잡아본 적 없는 아내는 늘
넉넉한 심사위원이다
나도 질세라
우리집 김치 맛이 세계최고라느니
모자 쓰니 오드리 햅번 같다느니
닥치는 대로 보답한다

등 굽은 고목은
노을 지는 창가에
연리목으로 마주 앉아 그렇게
황혼빛 칭찬으로 나이테를
초록으로 칠하며
산다

할미꽃

할미꽃은 있는데
왜 할비꽃은
없을까
늙으면서 같이
할미꽃처럼
허리 굽어지고
같이 땅을
굽어보는데
할미꽃은 늘
할미만 보고
웃네

할미꽃 필 때
할미와 함께
공원길을 걸으면
가끔 할미가 딱
할미꽃만큼
부러울 때가
있다

미아신고

매일 나를 잃어가며 산다
안경 들고 안경 찾고
외출하다 다시 들어와 왜왔지?
친구이름 가물가물
기억엔 이끼가 끼고
작은 소리는
귀에 넣어줘도 아리송하다
하루에도 수차례
나를 뱅뱅 돌며
잊으니까 잃으며 산다

나비 쫓다가 길 잃은 아이
어찌할까, 이제
거뭇한 땅 얘기들
하나 둘 내려놓고
하늘에
나를 찾아달라고
미아신고라도 해야 할까보다

노을 너머로

노을이 붉게 타는 시간
앞만 보고 달리다가
저만치 보이는
나의 뒷모습
이제
굴곡진 궤적
내가 그린 긴 그림자
둘둘 말아
아쉬울 것 없는 배낭에 넣고
휘파람 불며
헐렁하게 떠나야 할 시간
내 영혼의 고향
노을 너머로

4부

하늘에서 보면

곡선을 생각하다

자연은 곡선을 사랑하는데
인간은 왜 직선을 고집할까?
산허리 끊고 강물길 비틀어
그렇게 빨리 어디로 가려는지
창조된 곡선이 신음하고 있다
곡선은 사색이고
직선은 계산이다
재앙은 늘 직선으로 온다

곡선은 어머니의 선이다
태초 세상을
곡선으로 안아주고 싶은 지구는
눈물로 다시
곡선이고 싶은데…

조급한 세상 비껴
구불진 산길 오르며
나는 가끔씩
곡선을 생각한다

선택

선택하며 산다
무엇을 먹을까
무엇을 입을까
누구를 만날까
무슨 책을 읽을까
하루에도 수없이
선택을 업고 산다

친구, 직업, 배우자는 평생의 선택
이 세상에 태어나고 떠나는 것은
하늘의 선택이지만
어떻게 사느냐는 나의 선택
누구나
친구도 되고 괴물도 되는
선택으로 웃고
선택으로 운다

선택은 후회를 미워한다
선택을 사랑하는 자가 승리하고
선택은
선택을 사랑하는 사람을
사랑한다

철없는 것들

모깃불 피워놓고
평상에 누워 형제들과
별 하나 나 하나
하늘을 세며 잠이 들던 추억

꿈꾸던 하늘에
앞다퉈 쏘아대는 미사일
지옥길 싸움에
추억은 혼비백산
별도 놀라고
우주도 눈물 흘리고
이젠 밤하늘을 봐도
어느 게 별이고
어느 게 불덩이인지

하늘을 칭칭 감은 인공위성
날뛰는 미사일 그리고
발사체라는 괴물들
싸우려고 쏘고
막으려고 쏘고
시험한다고 쏘고

으스대려고 쏘고
지구는 꺼져가고 있는데

하늘에 삿대질하는
철없는 것들!

못난 것들

지구를 다 망가뜨려놓고
다른 별에 가서 살겠단다
강국들 앞다퉈
발버둥 아우성
이젠 지구도 모자라
별에 가서 싸우잔다

그래
산소통 메고
투구에 갑옷
물도 나무도 없이
먼지만 풀풀
가서 지구를 후회하며
꽁꽁 살아봐라

하늘에 덤비는
못난 것들!

바늘구멍

고달픈 사막길 긴 여행
바늘구멍 앞에 선
낙타 한 마리
금은보석 비단 짐 내려놓고
탐욕, 위선, 거짓, 자랑
물주머니마저 벗어던지고
버리고
버리고
벌거숭이로 버둥대다가 겨우
가난한 영혼
한 가닥만 통과

바늘 문 밖에는
열사의 바람에 말라버린
뼈와 가죽 그리고
아스라한 낙타의
세상 꿈 한 조각
문득 해 아래
어디선가 들려오는
솔로몬의 긴
탄식소리

안경의 꿈

나는 당신의 눈입니다
당신은 나를 통해서만 세상을 볼 수 있습니다
옆 눈으로 보지 말고
바로 보아야 잘 보인답니다
다 보려 애쓰지 말고
지혜의 눈
오묘한 밤하늘 깊은 이야기
맑은 영혼 생명의 이야기
꿈을 보는
당신의 눈이고 싶습니다

나는 빛이 될 수 없지만
당신을 빛으로 안내할 수 있습니다
창세기의 눈부신 빛과 그림자
가끔 하늘의 묵시에 눈을 떠
지나온 길 뒤돌아보고
젖은 눈으로 빛을 바라보는
당신의 눈이고 싶습니다

나로 인해 당신의 눈이 더욱 밝아지고
나를 닦을 때마다 더 아름다운 세상이 보이며

마지막 때에 두리번거리지 않고
가슴 세워 천국문 바라보는
당신의 눈이고 싶습니다

종소리 추억

하늘 문 여는 소리
어둠을 밀어내고
잠든 영혼 깨우고 싶은 종탑은
입 꼭 다문 종을
가슴깊이 묻어 놓고
하늘 높이 외롭다

어려웠던 시절 새벽을 깨우고
저녁이면 일용할 양식에 감사하며
어머니
아기 잠재우던 자장가
사랑을 퍼 나르던 종소리

언제부턴가
배부른 삿대질에 입이 막히고
디지털 문명 악쓰는 소리에 주눅이 들어
공해란 누명으로 쫓겨 간 후
성탄절 카드에서나 소식을 전할 뿐
다시는 돌아올 수가 없다

고요한 밤을 어루만져
가난한 심령 지친 가슴
평안의 소리로 일으켜 주던
다시 듣고 싶은 그러나
아득한
종소리 추억

나의 느보산

아무리 생각해도
모세가 느보산에서
광야 사십년 길 멈춰 선건
지팡이로 바위 두 번 친 형벌이 아니고
120살 노인의 어깨에서 이제
무거운 짐 내려놓고 자유케 한
하나님의 은총일 게다
모세의 마지막 숨은
한이 아니고
새하늘 날갯짓이었으리라

까마아득
먼산 보고 달려온 나의 발자국
아직 달리고 싶고
백발은 정말
영화의 면류관인가 싶지만
이제 손목시계 풀어
넉넉한 여백에 집어던지고
돌아오지 않는 시간에서 떠나
석양빛 고운 언덕
나의 느보산에 올라

소망의 매무새로 가슴 활짝
새 하늘과 새 땅
빛 부신 여행을 준비해야하리

네 잎 클로버

어릴 적 폴짝 뛰며 좋아했던
네 잎 클로버
책갈피에 곱게 끼워
행운을 기다리던 추억

지금 이 나이에
움직이는 것도 행운인데
돌연변이 네 잎이
무슨 행운이겠냐만
오늘처럼
잊혀진 시간 속을 거닐며
삶이 간결해 지고 싶은 것도
행운이리라

행복하려고 행운을 찾지만
행복은 사람이 만들고
행운은 하늘이 주는 것
행운은 늘
깨어있는 이에게 보이고
믿는 이에게 나타나며

부르는 이에게 손짓하며
감사하는 이에게 답하는 것

지금까지 살아온 것
숨 쉬는 것
내게 행운 아닌 것 무엇 있으랴
내가 찾은 네 잎 클로버 곱게 접어
지금까지 주신 행운 곰곰
감사하며 살아야겠다

당신께 다가갑니다 1

아침에 창문을 열면
오늘도 맑은 하늘
밝은 햇살로
해묵은 세상 때
어둠을 헹궈내고
참으시는 당신 곁에
알뜰하게 숨 쉴 수 있음에
감사합니다

주신 것 다 잊고
보채기만 하던
자디잔 욕망 부질없는 몸짓
영혼을 울려놓고 웃음 짓는
부끄러움을 모르는
구불진 뒷모습

황혼녘 지나 겨우
거추장스러운 주머니
모두 벗어버리고
가난한 영혼
어둠을 뒤척이며

고통도 축복인
당신 사랑의 깊이를
눈물로 헤아립니다

당신께서 주신 언약
기적 같은 하루하루를
새로움의 목마름으로 감동하며
당신께 다가갑니다

당신께 다가갑니다 2

당신은 일찍부터
죽음은 두려운 게 아니라
또 다른 삶의 시작이고
이 세상 나의 마지막 숨이
천국에서의 첫 숨이 되는
감동이라고 하셨지요

살아있는 것은
죽음을 준비하는
위대한 작업이기에
나는 매일
죽음과 함께 살고 있습니다
죽음과 함께 숨쉬며
죽음과 함께 사색하는 나는
진실만을 얘기해야하는
죽음의 친구입니다

내가 모르던
지금까지 살아온 이유
죽음에 길이 있고 답이 있다고
죽음 내 친구가 귀띔해 주더군요

이제 겨우
죽음도 감사임을 감사하며
가난한 심령
가벼운 발걸음으로 매일
나만의 죽음을 창조하며
당신께 다가갑니다

하늘에서 보면

바람처럼 잠깐 머물다 가는
아름다운 별
지구를 하늘에서 바라보면
아득하게 아름다울 거야
미워하지 않고
굶주리지 않고
슬퍼하지 않고
잘난 체하지 않는
정말 아득하게
아름다운 별일 거야
그래서 아득하게
그리워질 거야

꼬치꼬치 따지지 않고
아름다운 눈으로
멀리서 보면 모두가
아름다울 거야

나는 가끔씩
지구가 그리워지고 싶어 지구를
하늘에서 바라보는
연습을 한다

노년의 기도

하루해가 지나면 먼저
지나간 시간의 의미 곱게 접어
가슴 깊이 넣게 하소서

몸은 늙어도
생각이 노화하지 않게 하시고
늙을수록 뜨거워지는
자유인의 몸짓으로
세상에 단 하나밖에 없는
나를 살게 하소서

나이테 하나 더할 때마다
걸어온 길 감사하며
소망의 눈 들어
내 영혼을 사랑하여
황혼의 향기가 아름다운
여생이 아닌
인생으로 사는
멋진 노년이게 하소서

노을 너머로

김성순 시집

발 행 처 · 도서출판 **청어**
발 행 인 · 이영철
영   업 · 이동호
홍   보 · 천성래
기   획 · 남기환
편   집 · 방세화
디 자 인 · 이수빈 | 김영은
제작이사 · 공병한
인   쇄 · 두리터

등   록 · 1999년 5월 3일
(제1999-000063호)

1판 1쇄 발행 · 2020년 1월 10일

주소 · 서울특별시 서초구 남부순환로 364길 8-15 동일빌딩 2층
대표전화 · 02-586-0477
팩시밀리 · 0303-0942-0478

홈페이지 · www.chungeobook.com
E-mail · ppi20@hanmail.net
ISBN · 979-11-5860-727-2(03810)

이 도서의 국립중앙도서관 출판시도서목록(CIP)은 서지정보유통지원시스템 홈페이지
(http://seoji.nl.go.kr)와 국가자료공동목록시스템(http://www.nl.go.kr/kolisnet)
에서 이용하실 수 있습니다.(CIP제어번호: CIP2019052512)